AF233361

Y-1 8138

LE BALLET DE LA ROYNE,

Dansé par les Nymphes des Iardins,

En la Grand' Salle du Louure, au mois de Feurier 1624.

A PARIS,

Chez IEHAN DE BORDEAVX, ruë Daufine, au bout du Pont Neuf, à la Fleur de Lys.

SVIET DV
BALLET DES
NYMPHES DES
IARDINS.

Ercure, Meſſager des Dieux, Entrée.
Deſcend du Ciel, & fend la
nuë,
Pour annoncer l'agreab'e venuë
Des Deïtez des Iardins en ces lieux.
Apres luy les Nymphes des arbres Muſique
Inuitent de tout leur pouuoir
Le gay vertumne à les venir reuoir,
Par leurs chanſons qui rauiroient
les marbres.
Par ſes naturels changemens, Entrée.
Ce Dieu des Iardins recommence

A ij

Les pas nombreux qu'on obſerue à
　la dance,
Et ſe conforme à tous ſes mouue-
　mens.

Entrée. Ceux qui gardent toutes les portes
Des lieux ſacrez à ſon honneur,
Premiers que tous honnorent leur
　Seigneur
Qui donne vie à tant de choſes mor-
　tes.

Entrée. Ce plaiſir touche le Printemps,
Pomone en eſt toute râuie;
Ballets. On voíd vénir ceux qui gaignent
　leur vie
Dans les Iardins extrémement con-
　tens.

Muſique Les Nymphes des claires fontaines
Prennent part à ces doux plaiſirs,
Et font dormir les ennuis & les pei-
　nes
Pour eſueiller les amoureux deſirs.

Zephire en treſſaut d'alegreſſe, Entrée
Les Bouquetieres en ſautant
Vont au milieu du parterre imitant Ballet.
La douce odeur de Flore leur Deeſſe.

Ceſte beauté pleine d'apas,
Vient ſemer des fleurs ſans eſpines, Entrée.
Par tous les lieux où ſes Nymphes
   diuines
Qui danceront, doiuent marquer
   leurs pas.

Venus des Iardins les appelle, Muſique
Pour nous faire voir en ces lieux
Autant de fleurs qu'il en tombe des Grand
   Cieux Ballet.
Deſſus la terre en la ſaiſon nouuelle.

FLORE

AV ROY, ET A LA
Reyne sa Mere.

Vous qui de toutes nos cam-
pagnes,
Banissez pour iamais la matiere des
pleurs;
Souffrez qu'vne Deesse auec ses
compagnes,
Vous presente ses fleurs.
Elle en est tellement pourueuë,
Et leur teint maintenant semble e-
stre si vermeil,
Qu'elle croit les deuoir au bien de
vostre veuë
Et non pas au Soleil.

CONCERT DES
HAMADRIADES.

*Les paroles de ces trois Recits sont
mesurees sur les airs.*

ENfin auec vos chaleurs,
Bel ſtre du iour, vous nous
ramenez les fleurs :
Ha! que vos rais nous semblent
doux,
C'eſt mourir que de viure esloigné
de vous.
Sans vous, Roy des belles saisons
L'Hyuer nous tiendroit longuemét
dans ses prisons:
Ha! que &c.
Par vous rajeünit l'Vniuers :
De vous nous prenons ces rameaux
qui sort si vers:

Ha! que vos rais &c.
De vous renaiſſent les deſirs,
Les ris & les ieux, les amours & les
plaiſirs :
Ha! que &c.
C'eſt vous qui rendez la vigueur
Aux corps affoiblis dont vous chaſ-
ſez la langueur :
Ha! que &c.

Par B.

CONCERT DES
Nymphes des Fonteines.

EN ſortant de nos froides pri-
ſons,
Adorons ce doux Roy des Saiſons,
Ce beau Soleil de qui la clairté
Nous rend la liberté,

Accordons

Accordons aux doux chant des
oyseaux,
Le murmure amoureux de noseaux,
Pour ce bel œil de qui la clairté
Nous rend la liberté.
   Nos ruisseaux sont maintenant
cheris,
Nous courrons parmy ces lieux fleu-
ris,
Deuant cet œil de qui la clairté
Nous rend la liberté.

RECIT DE VENVS DES

Iardins, accompagnée de ses
Nymphes.

Q Vitez, quitez vos campagnes
Venez habiter ces lieux,
Plus beaux que les Cieux?

B

Defcouurez donc vos beautez mes
    compagnes,
Dont vous rauiſſez les Dieux.
    L'Aſtre qui ſort des montagnes,
Doux, ſerain & gracieux,
Cede à vos beaux yeux:
Defcouurez donc vos beautez mes
    compagnes,
Dont vous rauiſſez les Dieux.

Par B.

LA REYNE, AV ROY.

Monarque le plus grand de
    tout cét Vniuers,
Qui par des miracles diuers,
Auez de nos diſcors ſurmonté la
    tempeſte,
Permettez maintenant, ô vainqueur
    des humains:

Qu'en eschange des Lys dont vous
ornez ma teste,
Ie presente à vos pieds ceux que i'ay
dans les mains.
Ie sçay que mon bon-heur ne
sçauroit plus monter,
Qu'il ne se peut rien adjouster
A toutes les grandeurs dont l'esclat
m'enuironne :
Mais rien ne me plaist tant que de
vous posseder,
Et ie mespriserois mon Sceptre &
ma Couronne,
S'il falloit que sans vous ie les deusse
garder.

LA REYNE, A LA REYNE
Mere du Roy.

Oux Soleil des yeux & des
cœurs,
Si parmy les longues rigueurs
De cet Hyuer qui tout defguife,
Nos Iardins font vers & fleuris,
C'eft qu'ils font aymez & cheris
De voftre œil qui les fauorife.

    Ce qu'on void de beau parmy
nous
Ne peut proceder que de vous;
Le Printemps fait la terre belle,
Mais ie fçay qu'elle languiroit,
Si le Soleil ne l'éclairoit,
Et n'auoit de l'amour pour elle.

    Monftrez donc en leur majefté
Vos yeux dont la viue clairté

Obscurcit les plus belles choses?
Ouurez ces celestes flambeaux
Qui font fleurir nos Lys plus beaux
Que les œillets, ny que les rozes.

O ! que i'en voy trois esclatans,
Ce font eux qui font le Printemps
Dans ces lieux tous couuerts de
glace :
Et qui parmy ceste froideur
Conseruent vne douce odeur
Qui toutes les autres surpasse.

MADAME, A LA
Reyne sa Mere.

AViourd'huy qu'on me voit
si belle,
Briller d'vn esclat nompareil :
Si ie suis vne fleur nouuelle,
Ie suis de celles du Soleil

Si toſt que ie vous voy paroiſtre,
Ie me tourne de tous coſtez
Deuers vos celeſtes beautez,
Grand Soleil qui m'aués fait naiſtre.

FIN.